D1467312

Madame
BOULOT

Collection MADAME

MONSIEUR **MADAME**

MONSIEUR **MADAME**

MONSIEUR MADAME® Copyright © 1990 THOIP (une société du groupe Sanrio). Tous droits réservés
© 1990 Hachette Livre pour la traduction française sous licence THOIP (une société du groupe Sanrio). Tous droits réservés

Madame BOULOT

Roger Hargreaves

hachette
JEUNESSE

Si tu aimais le travail
autant que madame Boulot,
tout le monde t'applaudirait.

Comme elle, tu te lèverais
à trois heures du matin.

En chantant à tue-tête :

— Le travail, c'est la santé !

Ensuite, comme madame Boulot,
tu lirais un chapitre de ton livre préféré :

« Le travail, c'est la santé. »

Puis tu te mettrais au travail.

Tu rangerais,

balayerais,

époussetterais,

frotterais,

cirerais,

briquerais
la maison de la cave au grenier,

sans oublier les dessous d'armoires,
les coins et les recoins.

La journée passerait.

Sans une minute, ni même une seconde de repos.

Et comme madame boulot,
vers minuit ou une heure du matin,
tu irais te coucher en chantonnant :

– Le travail, c'est la santé !

L'ennui, c'est qu'un lundi,
madame Boulot ne se leva pas
à trois heures du matin.

Ni même à six.

Ni même à neuf.

Elle était malade.

Extrêmement malade.

– Oh, non, gémit-elle, je ne vais pas pouvoir
me mettre au travail...

Elle téléphona donc au docteur Pilule.

Cinq minutes plus tard, il était à son chevet.

Il lui fit tirer la langue, regarda sa gorge,
ses oreilles, son nez, ses poignets, ses genoux.

– Madame Boulot, dit-il avec un grand sourire,
ce qu'il vous faut, c'est du repos,
beaucoup de repos, rien que du repos!

Et il partit.

– Du repos, beaucoup de repos, rien que du repos ? répéta madame Boulot. Oh, non !

Et... BOUM !

Elle tomba à la renverse.

Sur son lit, heureusement.

Le mardi, monsieur Costaud
arriva au chevet de madame Boulot.

Avec 72 œufs.

Tu peux les compter.

– Croyez-moi, lui dit monsieur Costaud.

Il n'y a rien de mieux que les œufs
pour avoir de la force.

Au soixante-douzième œuf,
madame Boulot chantait de toutes ses forces :

– Le travail, c'est la santé !

L'ennui, c'est que monsieur Costaud lui dit :

– Maintenant, il faut vous reposer.

Et... BOUM !

Madame Boulot tomba à la renverse.

Sur son lit, heureusement.

Le mercredi, monsieur Glouton
arriva au chevet de madame Boulot.

Avec une énorme salade de pommes de terre

aux pois cassés,

aux pois chiches,

aux pois gourmands,

aux pois goulus,

aux pois mange-tout

et aux poireaux.

Madame Boulot la mangea tout entière.

Puis elle chanta de toutes ses forces :

– Le travail, c'est la santé !

L'ennui, c'est que monsieur Glouton lui dit :

– Maintenant, pour mieux digérer,
il faut vous reposer.

Et... BOUM !

Madame Boulot tomba à la renverse.

Sur son lit, heureusement.

Le jeudi, monsieur Bizarre
arriva au chevet de madame Boulot.

Avec... les mains vides.

– Levez-vous, dit-il.

Aussitôt madame Boulot se leva.
En pleine forme!

– Prenez des vacances! ajouta-t-il.

Et... BOUM!

Madame Boulot tomba à la renverse.

Sur son lit, heureusement.

– Vous allez bien mieux, dit monsieur Bizarre.

Et il s'en alla.

En sautant par la fenêtre!

Madame Boulot se releva.

Tu crois qu'elle se releva pour aller voir
si monsieur Bizarre avait réussi son atterrissage?

Pas du tout!

Elle se releva pour chanter à tue-tête :

– Le travail, c'est la santé !

Avant d'ajouter :

– Partir en vacances, c'est la conserver !

Elle décida d'aller sur une île très belle
et très reposante où l'on parlait une langue
très belle et très difficile.

Pendant une semaine, elle apprit d'arrache-pied
cette langue très belle et très difficile.

Le jeudi suivant, elle était réveillée
à trois heures du matin.

– Pour passer de bonnes vacances, se dit-elle,
il ne me reste plus qu'une chose à faire.

Mais ça va être un sacré travail...

Tu devines ce qu'elle a fait, n'est-ce pas ?

Oui, c'est cela !

Elle a commencé à...

... apprendre à se tourner les pouces!

RÉUNIS VITE LA COLLECTION ENTIÈRE

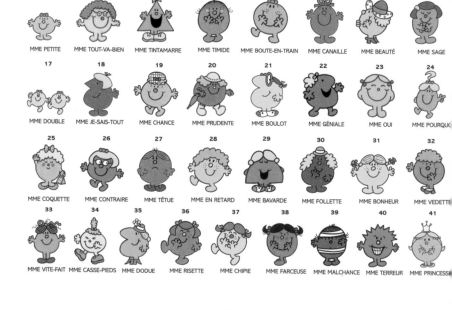

1. MME AUTORITAIRE
2. MME TÊTE-EN-L'AIR
3. MME RANGE-TOUT
4. MME CATASTROPHE
5. MME ACROBATE
6. MME MAGIE
7. MME PROPRETTE
8. MME INDÉCISE
9. MME PETITE
10. MME TOUT-VA-BIEN
11. MME TINTAMARRE
12. MME TIMIDE
13. MME BOUTE-EN-TRAIN
14. MME CANAILLE
15. MME BEAUTÉ
16. MME SAGE
17. MME DOUBLE
18. MME JE-SAIS-TOUT
19. MME CHANCE
20. MME PRUDENTE
21. MME BOULOT
22. MME GÉNIALE
23. MME OUI
24. MME POURQUOI
25. MME COQUETTE
26. MME CONTRAIRE
27. MME TÊTUE
28. MME EN RETARD
29. MME BAVARDE
30. MME FOLLETTE
31. MME BONHEUR
32. MME VEDETTE
33. MME VITE-FAIT
34. MME CASSE-PIEDS
35. MME DODUE
36. MME RISETTE
37. MME CHIPIE
38. MME FARCEUSE
39. MME MALCHANCE
40. MME TERREUR
41. MME PRINCESSE

DES **MONSIEUR MADAME**

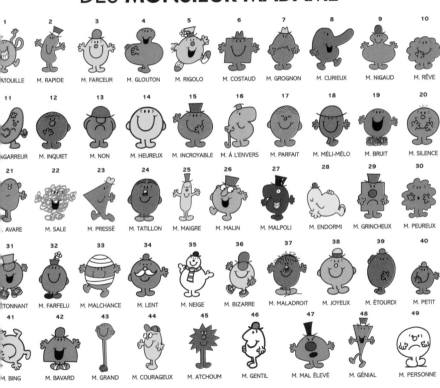

1 ...ATOUILLE	2 M. RAPIDE	3 M. FARCEUR	4 M. GLOUTON	5 M. RIGOLO	6 M. COSTAUD	7 M. GROGNON	8 M. CURIEUX	9 M. NIGAUD	10 M. RÊVE
11 ...AGARREUR	12 M. INQUIET	13 M. NON	14 M. HEUREUX	15 M. INCROYABLE	16 M. À L'ENVERS	17 M. PARFAIT	18 M. MÉLI-MÉLO	19 M. BRUIT	20 M. SILENCE
21 ...AVARE	22 M. SALE	23 M. PRESSÉ	24 M. TATILLON	25 M. MAIGRE	26 M. MALIN	27 M. MALPOLI	28 M. ENDORMI	29 M. GRINCHEUX	30 M. PEUREUX
31 ...ETONNANT	32 M. FARFELU	33 M. MALCHANCE	34 M. LENT	35 M. NEIGE	36 M. BIZARRE	37 M. MALADROIT	38 M. JOYEUX	39 M. ÉTOURDI	40 M. PETIT
41 M. BING	42 M. BAVARD	43 M. GRAND	44 M. COURAGEUX	45 M. ATCHOUM	46 M. GENTIL	47 M. MAL ÉLEVÉ	48 M. GÉNIAL	49 M. PERSONNE	

Édité par Hachette Livre - 43, quai de Grenelle, 75905 Paris Cedex 15
ISBN :978-2-01-224818-2
Dépôt légal : avril 1990
Loi n° 49- 956 du 16 juillet 1949, sur les publications destinées à la jeunesse.
Imprimé par IME (Baume-les-Dames), en France

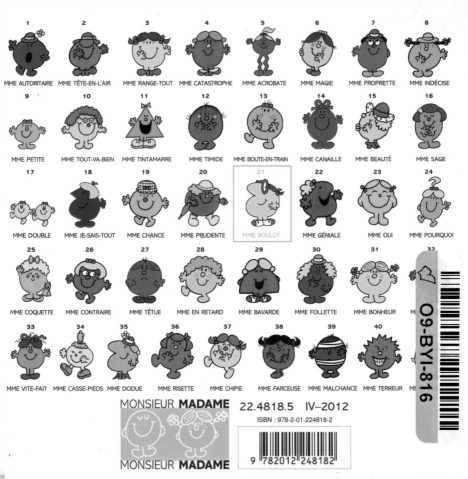

1	2	3	4	5	6	7	8
MME AUTORITAIRE	MME TÊTE-EN-L'AIR	MME RANGE-TOUT	MME CATASTROPHE	MME ACROBATE	MME MAGIE	MME PROPRETTE	MME INDÉCISE
9	10	11	12	13	14	15	16
MME PETITE	MME TOUT-VA-BIEN	MME TINTAMARRE	MME TIMIDE	MME BOUTE-EN-TRAIN	MME CANAILLE	MME BEAUTÉ	MME SAGE
17	18	19	20	21	22	23	24
MME DOUBLE	MME JE-SAIS-TOUT	MME CHANCE	MME PRUDENTE	MME BOULOT	MME GÉNIALE	MME OUI	MME POURQUOI
25	26	27	28	29	30	31	32
MME COQUETTE	MME CONTRAIRE	MME TÊTUE	MME EN RETARD	MME BAVARDE	MME FOLLETTE	MME BONHEUR	
33	34	35	36	37	38	39	40
MME VITE-FAIT	MME CASSE-PIEDS	MME DODUE	MME RISETTE	MME CHIPIE	MME FARCEUSE	MME MALCHANCE	MME TERREUR

O9-BYI-816

MONSIEUR **MADAME**

22.4818.5   IV–2012

ISBN : 978-2-01-224818-2

MONSIEUR **MADAME**

9 782012 248182